我的爸爸

土田義晴　著・繪

陳瀅如　譯

我ㄨˇ的ㄉㄜ˙爸ㄅㄚˋ爸ㄅㄚ˙常ㄔㄤˊ常ㄔㄤˊ坐ㄗㄨㄛˋ在ㄗㄞˋ書ㄕㄨ桌ㄓㄨㄛ前ㄑㄧㄢˊ面ㄇㄧㄢˋ，
一ㄧˋ臉ㄌㄧㄢˇ嚴ㄧㄢˊ肅ㄙㄨˋ，　辛ㄒㄧㄣ勤ㄑㄧㄣˊ工ㄍㄨㄥ作ㄗㄨㄛˋ。

可是，每當要出門時，

就會聽到爸爸說：「出門嘍！」

我應聲說「好」，跳上爸爸的腳踏車，

「出發囉！」

爸爸就會說：「看我的！」

同時加速踩著腳踏車前進。

整座公園裡櫻花綻放，變成了一片櫻花海。

我撿起一片片櫻花花瓣，
放進我最喜歡的手帕裡。
那條繡著花朵圖案的手帕，
一下子就裝滿了粉紅花瓣，
散發出春天的芬芳。

回家路上，經過柳橋時，
我跳下腳踏車，
把撿來的櫻花花瓣，撒向小河。

聽爸爸說過，
這條小河流向大海。

夏天來臨時，
我要爸爸帶我去田裡玩。
我收集了白花三葉草，
放進那條最喜歡的手帕裡。
在回家路上，
讓小河悄悄的帶走白花三葉草。

夏天，牆上開滿了玫瑰花，我摘下幾朵，
放在最喜歡的手帕裡，來到小河邊。
雙腳踏進河水中，冰冰涼涼，好舒服！
我打開手帕，將玫瑰花一朵一朵放入小河，
閃閃發光的水面上，玫瑰花隨著河水漂向遠方。

秋天，我和爸爸來到鎮上最高的
黑森山中的神社。
爸爸倚靠著一棵大銀杏樹，
靜靜遙望著遠方。

我撿了好多好多橡果、七葉樹的果實……
全都包在最喜歡的手帕裡帶回家。

回家路上，
我聽著腳踏車的嘰嘎嘰嘎聲，
不知不覺就睡著了。

沒想到，一不小心，
把最喜歡的那條有花朵圖案的手帕、
還有剛剛收集來的橡果，
全都給掉在半路上了。

我忍不住放聲大哭，爸爸趕緊幫我四處尋找。
可是……爸爸說：「到處都找過了，卻找不著。」
路上，爸爸買來小點心給我吃，
但是，我還是嚎啕大哭，哭個不停。
因為我最喜歡的那條手帕，
是媽媽親手為我繡上花朵圖案的，
是我最珍惜的手帕！

那天晚上，一直到好晚好晚，
爸爸都還沒睡。

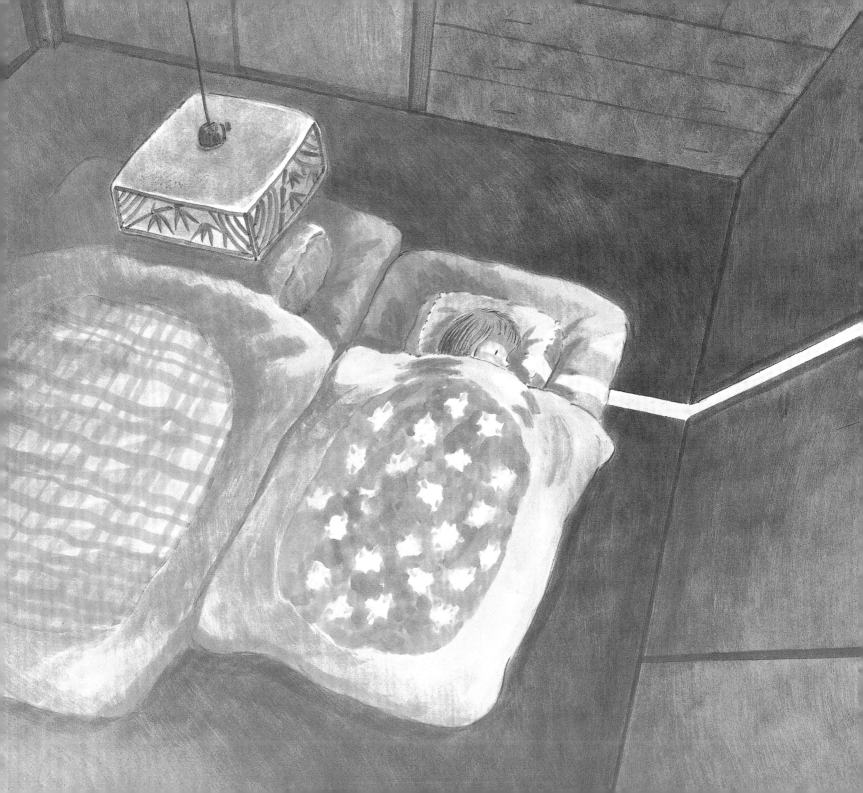

隔天早上，爸爸送給我一條新手帕。
手帕上繡著可愛的小兔子。
我把手帕放進口袋裡，
和爸爸出門去散步。

爸爸沿著河畔向前騎。 河面上漂著一片片楓葉，
有紅色、 黃色…… 五彩繽紛。
緊接著， 我們騎上了一條漫長的山中小徑。
小徑是一條綠色隧道， 陽光從葉間照進來。
「 呼—— 呼—— 嘿吼—— 嗨唷—— 」
爸爸奮力騎著腳踏車。
我大聲說：「 爸爸加油， 加加油！ 」

然B後G，
我EN們ND騎C進HN一個完全KN沒有光線TN的B漆黑隧S道B。
隧道裡D冷B颼S颼S、 黑漆漆S， 感覺好可怕K！
「 呼K—— 呼K—— 嘿吼K—— 嗨唷—— 」
爸爸繼續D加速B前進JN。

突然，眼前一片光亮。

我大喊：「大海，是大海耶！」

爸爸依然使勁的踩著腳踏車前進，

「呼—— 呼—— 嘿吼—— 嗨唷——」

媽媽住在海邊。

媽媽最喜歡小花了，爸爸在周圍種滿波斯菊，
緊緊環抱著媽媽。

大海上漂浮著從鎮上漂來的樹葉，
好美的一幅畫！

彷彿輕聲的告訴媽媽，秋天來臨了！

我拿出新手帕給媽媽看，
那條爸爸親手繡上圖案給我的手帕。

我和爸爸走到海邊， 雙腳踩進海水裡，
還撿了紅色、 紫色的貝殼， 全都包在新手帕裡。
我決定不哭了。
因為， 只要我一哭， 爸爸比我還難過。
而且， 在這世界上， 我最喜歡最喜歡爸爸了！

作者簡介　土田義晴

一九五七年出生於山形縣。畢業於日本大學藝術學院油畫系。自求學期間，師事於中谷貞彥、千代子夫婦。主要作品有《朋友遊戲也不錯》、《小兔子護士蘋蘋》、《森林小熊鈞鈞》、《小熊鈞鈞大探險》、「美味繪本系列」、「四季美味系列」（以上皆為小峰書店）；《生活繪本》（GRANMAMA 社）等多數作品。

台灣可見其作品有「小狐狸系列」：《黃色小水桶》、《吊橋搖呀搖》、《寶貝飛呀飛》、《只有我知道》、《終於見到她》（台灣東方）；「小浣上學去系列」：《新來的轉學生》、《喔～談戀愛》、《我想當大明星》、《班上的愛哭鬼》、《永遠的好朋友》（維京）；《神奇的畫筆》（小魯文化）。

譯者簡介　陳瀅如

和偏鄉的孩子們約定好要在同一片天空下一起加油打氣，因而前往日本學習喜愛的兒童文學，希冀未來能為孩子盡一份心力。留學期間，親近宮澤賢治的童話文學，效法他將關懷化成行動。

目前，從事教育工作、關懷兒童志業。深信繪本童書是親子間最佳溝通橋梁，讓親子關係更親密，亦是大人小孩共享共樂的文學園地。譯作有《為我取個名字》、《阿嬤，不要忘記我》、《橡果與山貓》、《蘋果園的 12 個月》、《雲上的阿里》、《象爸的背影》、《阿嬤成為阿嬤的一天》、《決定了！你就是我的媽媽》、《媽媽看我！》等。

小木馬繪本屋 04

我的爸爸

作者　土田義晴　·　譯者　陳瀅如　·　社長　陳蕙慧　·　副總編輯　戴偉傑　·　行銷企畫　李逸文、尹子麟、姚立儷　·　美術設計　陳宛昀
讀書共和國集團社長　郭重興　·　發行人兼出版總監　曾大福　·　出版　木馬文化事業股份有限公司　·　發行　遠足文化事業股份有限公司
地址　231 新北市新店區民權路 108-4 號 8 樓　·　電話　02-2218-1417　·　傳真　02-2218-0727　·　Email　service@bookrep.com.tw
郵撥帳號　19588272 木馬文化事業股份有限公司　·　客服專線　0800-221-029　·　印刷　前進彩藝有限公司
2019（民 108）年 8 月初版一刷　·　定價　360 元　·　ISBN　978-986-359-704-9